내 마음의 옷

내 마음의 옷

조선옥 시집

문학나무

시 창고를 열어 보입니다

할렐루야!

지금까지 저의 삶을 인도해주신 하나님께 감사드립니다.

2014년부터 떠오른 시상들을 모아 시 창고를 하나 만들어 쌓아 놓았습니다. 천여 개가 모여 있는데 그 중 78편의 시를 뽑아 시집으로 내놓게 되었습니다.

시를 통해 제 마음과 생각들을 표현하며 위로를 얻었고, 주위 여러분들이 공감과 격려를 아끼지 않으시고 힘을 넣어 주셔서 용기를 얻었습니다.

이 시들이 빛을 볼 수 있도록 도와주신 크리스천문학나무 회원 여러분과 사랑과 기도로 후원해 준 남편 최상학 목사와 딸 지윤, 아들 평강에게도 고마움을 표합니다.

특별히 저를 여기까지 이끌어 주신 이건숙 소설가

사모님, 늘 말씀으로 영혼을 깨워 주시는 신성종 목사님, 첫 시집을 살펴주신 황충상 교수님, 해설을 써주신 곽정효 시인님, 표지와 본문 그림을 그려준 박희은 화가님께도 감사의 인사를 드립니다.

그리고 믿음의 유산을 물려주신 92세의 친정 어머니 지정숙 권사님께 시집 출간의 첫 기쁨을 안겨드립니다.

오 주님,

내 잔이 넘치나이다

모든 영광 홀로 받으소서!

2019년 7월

조선옥

차례

제4부

고백

제5부
축복의 샘물

제1부

그분 앞에서

깨어짐

목적 아닌 목적이
목을 조였고

한낱 잃어버릴 것들에
목숨 걸었던 시간들

벌써 노인이란 단어가
아주 멀지는 않고

숨고르기
내버리기

조금씩 조금씩
가볍게 해야 할

두고 떠날 채비
영원한 나라 갈 준비

〈

앞서 순교한 분들
가슴에 피 분양받아

감정 순교
자존심 순교

이거라도 하잖음
천국 어찌 갈까나

십자가 사랑

뚝뚝 떨어지는 핏방울
그것은 사랑이었습니다

가슴 저린 사랑의 진액
그것은 핏방울입니다

방울 방울 알알은
사랑의 뜨거운 열매였습니다

이런 사랑을 누가
쉬이 말할 수 있겠습니까

내 가슴 한 켠 도려낸들
비교할 수 있겠습니까

목숨 바쳐 지켜낸
그 사랑을 어찌 알겠습니까

수고

너의 땀 방울
알알이 끼우니
상급이 되었고나

허허로운 벌판
황무지를
곡식 여무는
숨 쉬는 땅으로
만들었구나

숨을 고르고
예 앉거라
부르튼 발을
꺼내어 보렴
내 기름 바를테니

내 아버지 집

병든자여 오라
내 아버지 집으로
거기 회복이 있으리니

추운자여 오라
내 아버지 집으로
거기 따뜻함이 있으리니

벗은자여 오라
내 아버지 집으로
거기 입을 옷 있으리니

슬픈자여 오라
내 아버지 집으로
거기 기쁨이 넘치리니

가난한자여 오라

내 아버지 집으로

거기 부요가 있으리니

부부

너는 테너
나는 소프라노

높은소리 낼 때는
같은 높이로

너는 베이스
나는 앨토

낮은소리 낼 때는
낮은소리로

키 큰 너는 무릎 꿇고
키 작은 나는 까치발 들어

우리 서로를 위해
눈을 마주하자

〈

높고 낮음 탓하지 말고
크고 작음 인정하고

다르다는 것은
아름다운 하나님 조화

너 어찌 크다고 교만하며
내 어찌 작다고 낙심하랴

이 모든 것
창조주 하나님이
빚어주신 것을

다름 속에 화음
입 맞추어 노래할 때

천상의 앙상블
찬양으로 피어나리

울 엄마

앞치마 두르시고
가마솥 가득 맛있는 냄새

웃집 아저씨 아랫집 할머니
어느새 우리집은
사람 냄새 가득

유난히 나누기 좋아하셨던
인정 많던 울 엄마

자식들에게도 엄마는
군불 땐 아랫목처럼
따끈한 보금자리

엄마는 든든한 버팀목
엄마는 척척 만능열쇠
언제나 내 편였던 울 엄마

〈

속 썩이는 자식 하나 없고
복 많은 노인네로 통하는
울 엄마

그런데 언제부터인가
세월 샘물 오래 드시더니
어린 아이로 변하셨네요

자기 중심 세살 아기 되어
작은일에 금새 삐치고
칭찬하면 춤을 추는

그 옛날 엄마 날 돌보셨듯
엄마아기 안아드리고
엄마아기 업어드려야 해요

야단치지 말고
사랑만 해 드려야 해
엄마가 내게 한 것처럼

언젠간 나도
엄마처럼 그렇게 되겠지
세월이 만든 작품이니까

구십이 다 되어 가시는데
증손녀까지 이름 불러
기도 적금 부으시는 울 엄마

엄마의 엄마처럼
엄마 학생의 선생님처럼
엄마 성도의 사모님처럼

저는 오늘도 엄마아기에게

안녕을 묻습니다

행주치마 물 손 닦으시며
달려 나오셨던 그 때 엄마가

딸 대하듯 전화기로 달려오실
아기표 엄마에게

엄마 사랑해요
엄마 고마와요
엄마 축복해요

그리고 엄마
불러도 불러도
또 부르고 싶은 울 엄마

아부지

하얀 구두 멋쟁이
울 아부지
갑자기 생각이 나요

키가 크시고 미남이셨던
울 아부지
문득 보고 싶어요

공부 잘 하는 나를
자랑스러워 했던
울 아부지

열세살 때
딸 가수 만든다고
작곡가 사무실 갔던 기억

아부지 소원대로

가수 되었으면
내 인생 어땠을까

가난한 사람과 연애해서
마음이 아프셨을
울 아부지

병중에 계실 때
바다구경 못 시켜드려
죄송해요 아부지

어렸을 때 버스 타고
서울대공원 갔던 일
고마와요 아부지

멋쟁이 울 아부지
바지 다려 드리면

참 좋아하셨지요

어려움 만난 이웃 위해
내게 모금함 들게 하고
도와주자 외쳤던 아부지

아부지! 정말 보고싶어요
아부지가 하신 말씀
"사람은 정의대로 살아야 해"

"아부지 천국에서 뵈어요
아부지 저 업어 주세요
저도 아부지 안아 드릴게요"

별빛 가족

우리 공동체
별빛 가족

이런 저런 사람
그들만의 색채

초록별에겐
초록빛이 이쁘고

노랑별에겐
노란빛이 황홀하지

빨강별에겐
빨간빛이 호화롭고

연두별에겐
연둣빛이 소박하지

〈

파랑별에겐
파란빛이 찬란하고

분홍별에겐
분홍빛이 은은하지

가난하나 부하나
지식 있으나 무지하나

모두가 빛나는 보석을
하나씩 갖고 있지

우리는 별빛 가족
서로를 비춰주네

밭에 가는 길

할아버지 밭에 가시는데
손자가 따라 나선다

거름 구루마 끄시는 할아버지
돐 지나고 다섯 달 된 손자
아직 말은 못 하지만
할아버지 힘 덜어드릴까
나도 한 번 해볼까
마음 그득 흥겨운 나들이

할아버지 말씀하시네
우리 환희 이뻐요
영차 영차 올라가자

언덕 아래 넓은 밭에
보름달 호박을 따자
빤들빤들 보랏빛 윤기

가지를 따자

엄마 어릴 땐
지게에 태우고 놀아줬고
외삼촌은 리어카에 태워주고
우리 손자 이쁜 손자
거름 구루마에 태웠네

삼십 년 전이나 오늘이나
할아버지 마음은 한결같아
구름 위를 날으시네
별무리 위 달리시네

우리집

된장 찌게 보글보글
우리집 냄새

상큼한 야채 샐러드
신선한 마음 밭

뛰어오다 넘어지면
호호 불어 다독이고

세상 전투 피 흘리면
내 사랑아 이리 오렴

아무 때나 손님 와도
주님처럼 맞이하자

누추하고 가난해도
콩가루 고소한 맛

〈

그 집 가면 살맛 나
그 사람 만나고파

우주같이 넓은 마음
콩 한 쪽도 나눠 먹는

주는 마음 품는 마음
계산하지 않는 마음

세상살이 지친 영혼
언제라도 쉬어 가게

따뜻한 손 내밀어
맞이 하고 싶어요.

청소 아줌마

나는 청소 아줌마입니다

비질을 할 땐
어둠이 나가고
빛이 들어오라고
기도합니다

걸레질을 할 땐
사람들이 꾼 꿈이
반짝이게 해 달라고
기도하지요

쓰레기통을 비울 땐
마음의 찌꺼기들
미련 없이 버리고
깨끗한 삶으로 채워지길
기도합니다

〈

화장실 청소를 할 땐
악취는 싹 가셔지고
시원한 얼음 가득 넣어
맑은 향 되길
기도하지요

나는 청소 아줌마입니다

빨래 개는 남자

한 쪽 다리는 펴고
한 쪽 다리는 접고
남자는 빨래를 갠다

얼굴 주름 고랑 사이
흰 웃음 머금고
고목 같은 손
겅중겅중 놀리며

입었던 수많은 삶의 옷들
빨래처럼 개켜 놓은
빛 바랜 추억
콧노래 흥얼거리며
가지런히 접어 놓는다

반복의 일상들
남자는

새 옷처럼 여기며

온정 담뿍 담아

종류별로 쌓아 놓는다

제2부

내 마음의 옷

철창

갇힌 마음
닫힌 마음

송곳 같은 깊은 상처
불같이 타는 심정

세상을 떠나기도
세상에 적응하기도

무섭고도
두려워

이 악물고 버티는
슬픈 눈의 여인

세상은 모른다네
나는 미쳤다네

〈

이젠 피부를 찌른다네
악한 놈이 저를 괴롭힌다네

있지도 않은 일을
사실처럼 읊어대네

너 어이타 이 지경 되어
내 맘 혼란케 하니

오래전 조상의 죄가
네게 덮여 씌워졌는가

약도 소용 없고
침도 소용 없네

너 오직 하나님께

나가야 자유 얻건만

최대한 예의를 갖추느라
식은땀 흘리는

너의 쪼그라진 영혼에
보혈 피 수혈되길

한 없는 눈물로
널 위해 빈다

음정

대답을 할 때는 음정 높이기
내 감정 나빠도 3도 높이기

조금만 배려하면 서로 좋지
난 원래 솔직하다 저음 깔면

듣는 이 거친 대답 거친 맘 되지
목소리에 버터를 바른다면

너무 높은 소리 쇳소리는
사람 속을 아프게 찌른다

낮지도 높지도 않은 온화함
알맞은 톤 마음을 쓰다듬지

자다가 일어나 전화 받을 때
듣는 이 미안해 하지 않도록

〈

가식이 아니라 친절한 배려
3도만 올려요 은방울 소리

가라 앉은 너와 나 마음 팔짝
새신 신은 아이 해 맑은 웃음

음정을 높여요 아주 조금만
온도를 높여요 사랑 온도계

배려

내 마음보다
그의 마음이 어떨까

내 상태보다
그의 상황은 어떤지

내가 하는 말 때문에
그가 힘들지는 않은지

내 것을 주장하느라
그의 의견을 무시하지 않은지

배려하는 마음은
네게 주는 꽃 한 다발

헤아려 주는 마음은
솜사탕 부드런 단 맛

〈

깨진 항아리 다루듯
조심 조심

깊음 속 우물 물처럼
시원하고 깨끗한 맛

배려의 신을 신고
배려의 옷을 입자

너와 나는 한 마음
둥글둥글 돌고 도는

언어의 집

무슨 재료로 지을까요
무슨 색깔로 칠할까요

견고 해야겠는데
아름다와야 하는데
속임수 없어야 하는데
대충 하지 말아야 하는데

말씀의 기둥을 세우자
기도의 석가래를 얹자

진실의 모래를 써야지
사랑의 자갈을 넣어야지

정직의 철근을 세우자
은혜의 시멘트를 바르자

믿음의 장판을 깔자
배려의 도배를 바르자

십자가로 지붕을 꾸미자
영생의 대문을 달자

예수님 이름 문패 새기자
누구든 다 들어오라

자물쇠

벼를 널어놓았다
들깨도 널어놓았다

한 밭 배추가 있다
무도 곁에 있다

모두들 들에 있다
낮에도 밤에도

그래도 도둑은 없다
아무도 가져가지 않는다

논밭은 자물쇠가 없다
산도 자물쇠가 없다

그래도 농부는 잠을 잔다
걱정 없이 잠을 잔다

〈
사람 집도 그러면 좋겠다
자물쇠 없이 살면 좋겠다

위로

빛이 앉았던 자리
바람이 쓸어 주고
나더러 앉으라 한다

소풍 나온 새가 웃고
옆에 드러누운 풀이
내 손을 부빈다

한참 서성이던 눈물방울
소리 없이 사라지고
하늘 냄새 코끝을 간지럽힌다

누가 내 슬픔에
입을 맞춰주랴
누가 내 오그라진 맘
펴 줄 수 있으랴

예비하신 잔칫자리
샘 솟는 우물자리
홀로여도 외롭잖네

통탄

비진리가
고개를 바짝 들고
진리에 눈 흘기고
칼 끝
날카로운 죽창은
진실을 위협하며
포위한다

갓난아이 순수는
광란의 징박은 구두밑
깔려 신음하고
철 모르는
아이들 놀이터엔
폭력이 난무한다

헛된 지식의 창궐은
예법을 넘겨뜨려

질서를 교란하고
검붉은 부젓가락 불꽃은
마지막 숨겨놓은 사랑 그루터기
찾아내어 태워버린다

양심 창구멍 내어
호시탐탐 의인 머리
저격하려 부라리고
휩쓸려 가는 흙탕물
굶주리고 목마르니

생명수는 어디 있는가
참 떡은 그 어디 있는가

찬송

첫 새벽의 언어로
당신을 말할게요

첫 생각의 단추로
당신을 입을게요

첫 감격의 눈물로
당신 발 닦을게요

첫 사랑의 심정으로
당신 손 잡을게요

첫 열매의 싱싱함으로
당신 앞에 놓을게요

첫 새벽 이슬 같은 시로
당신을 표현할게요

〈

첫 아기 울음처럼
당신을 선포할게요

첫 추수한 햅쌀로
당신을 대접할게요

첫 바가지 깊음 속 샘물
당신께 바칠게요

첫 아침 해 힘있는 돋음처럼
당신을 찬송할게요

준비물

귀 앞에 맷돌
항상 준비해야 해요
거친 말 들어오면
갈아 들게요

귀 앞에 촘촘한 망
대기시켜 놔야 해요
부당한 말 들으면
걸러 내야 하니까요

눈 앞에 계산기
갖다 놔야 해요
볼 것 안 볼 것
따져야 시험 안드니까요

눈 앞에 자
갖다 놔야 해요

네 티인지 내 들보인지
재 봐야 하니까요

발 앞에 미터기
갖다 놔야 해요
선과 악 어디까지 가나
측정해 봐야 하니까요

발 앞에 빽빽이
갖다 놔야 해요
곁길로 걸어가면
빽 소리 지르게요

마음 앞에 초인종
대기 시켜 놔야 해요
들어가도 될까
조심하게요

〈

마음 속에 소화제
준비해야 해요
어떤 말이든 다
쑥쑥 내려가게요

이름표

그대
슬픈 눈
메마른 가슴에
초록 빛 이름표
달아 줄게요
접어버린 꿈 날개
다시 펴도록

그대
멍든 생각
이별의 아픈 가슴에
노란빛 이름표
달아 줄게요
끊겨버린 희망다리
다시 이어지도록

아

절망의 숲에서
헤매이는 사람들

마음 감옥 캄캄한
독방에서
헐떡이는 숨
몰아 쉬는 사람들

가슴에 붙인
꽃과 같고
별 같은 이름표를
매일 바라보면
피어나지 않을까
빛이 나지 않을까

제3부

기도함으로

기도

퍼내고 또 퍼내도
마르지 않는
사랑의 옹달샘이길
기도합니다

누가 악의를 가지고
말 폭탄을 터뜨려도
사랑의 창으로
막을 수 있기를
기도합니다

함부로 판단하는
나만의 잣대가
꺾여 나가기를
기도합니다

비난의 화살이

들어와 박힐 때
빼내어 버리기를
기도합니다

누가
알아 주지 않아도
묵묵히 주어진 길
걷기를 기도합니다

헛되고 헛된 것에
시간 낭비 하지 않기를
기도합니다

상한 마음 방치하여
죄악 벌레 들끓지 않기를
기도합니다

배급된 오늘
시간 주신 분께
무릎 꿇기를 기도합니다

먼데 있는 꽃

너 거기 숨은 듯
먼데 피어 있어도
내 널 잊은 적 없다

너 작고 연약하여도
네 붉은 빛 아름다워
널 보고 있지

가까이 가서
속삭이고 싶어도
혹시나 부담스러울까봐

나 멀찍이 바라보며
네 소원 이루어 달라고
기도하고 있어

혼자라도

외로워하지 마라
하늘에서 굽어 보신다

나 또한
널 향한 사랑
변치 않으니.

걱정 나무

걱정 나무가 자라
그늘이 생겼다

시원하지도 않은데
염려꾼들이 모인다

걱정 씨 뿌리지 않았는데
사탄이 몰래 심고 갔나봐

걱정 나무 열매는
쓰고 텁텁하다

아무짝에도 못쓰건만
다닥다닥 붙어 있네

마음 파 먹는 흡혈귀
생각 흩어버리는 여우

〈
쓱쓱 톱질해야지
제초제 뿌려야지

예수 보혈 뿌려야지
말씀 칼 대령해야지

이런 말을

주님
내가 하고 싶은 말보다
그가 듣고 싶은 말을
하게 하소서

주님
대화를 나눌 때
침묵도 하나의 언어임을
알게 하소서

주님
그의 모양이 둥글면
내 모양도 둥글게 만드는
지혜를 주소서

주님
그의 냄새의 빛깔에

내 빛깔도 맞추도록
공감의 능력을 주소서

주님
내 자신의 흥에 겨워
그의 아픔을 간과하지 않는
절제의 언어를 주소서

주님
언제 어디서나
향긋한 말이 배어 나오게
속 사람이 맑게 하소서

거름 꽃

한나가 울부짖는다
"내게 아들을 주십시요"
온 맘 다해 온 힘 다해
기도의 화살을
쏘아 올린다

"저의 원통함을 풀어 주십시요"
브닌나의 조롱을 견디다 못해
아들을 주신다면 도로
바치기로 서원을 드린다

제사장 엘리가
술에 취하였나 오해할 정도로
정신없이 쉼 없이 아뢰는
처절한 눈물의 하소연

그녀의 짙푸른

피멍의 기도는
하늘에 올리는 북처럼
그렇게 울려 퍼졌다

밤낮 없이 읊조리길 오래
풍상 끝 이 악물고 참아낸
동백, 새빨간 꽃처럼

붉고 아름다운 아들이
그녀의 탯줄을 자르고
어둔 세상의 빛으로
어둠 가르고 나왔다

기도의 거름
썩고 또 썩었더니
향기로운 꽃 되어
한 송이 열음이 되었다

그리스도의 향기

나의 탄식을
태워
당신께 올립니다

나의 소원을
눈물로
당신께 올려 드립니다

나의 두려움을
떨림으로
당신께 내어 놓습니다

나의 정성을
꽃처럼
당신께 바쳐 드립니다

나의 즐거움이

손뼉 치며
당신을 찬송합니다

나의 감사를
풍성함으로
당신 앞에 아룁니다

내게 오는 모든
삶의 냄새들을
당신께 피워 올립니다

모두가 태워져
모두가 녹아져
향연이길 원합니다

있잖아요

예수님
언제 오시나요
기대가 돼요

예수님
무슨 옷 입으셨을까
신기할 것 같아요

예수님
손꼽아 기다려요
뵙고 싶으니까요

예수님
구름 타고 오시지요?
나도 타 봤으면

예수님

꼭꼭 숨어 계시다가
까꿍! 놀라게 오실거죠?

예수님
보고 싶은 예수님
얼른 오세요

파란 예배

멸치와 다시마 국물을 낸
배추 된장국에 파란 파를 얹은
파란 예배를 드리고 싶습니다

새로 밥을 지어 만든 식혜
투명 유리그릇에 담아
잣 띄운 예배를 드리고 싶습니다

귀한 손님이 오셨을 때
정성껏 끓인 찻잔 위
국화잎 예배를 드리고 싶습니다

열 여덟 수줍은 소녀가
콩당콩당 뛰는 첫사랑
가슴앓이 예배를 드리고 싶습니다

날마다 새로운 시간을 엮어

첫 새벽 영글어 피어 내는
맑은 이슬 예배를 드리고 싶습니다

햅쌀로 갓 지은 밥
누구에게든 주고 싶은
햅쌀밥 예배를 드리고 싶습니다

하객들을 맞이하는 혼주처럼
정성으로 매만지고 제물 올리는
잔칫집 예배를 드리고 싶습니다

물 댄 동산 같이 파란
살아 숨 쉬는 생명 찬란한
영광의 예배를 드리고 싶습니다

열매의 식탁

감사의 콩고물 묻혀
기쁨의 접시에 담자

사랑의 팥고물 묻혀
평화의 대접에 담자

인내의 쓴 물 울궈내고
절제의 잣을 띄우자

자비의 샐러드
충성의 디저트

큰 그릇 작은 그릇
금그릇 은그릇

나무그릇 쇠그릇
질그릇 사기그릇

〈
내게 맞춘 그릇대로
반짝반짝 닦아내어

온유의 원피스를 입고
겸손의 블로우치를 달고

천상의 열매들을
깔끔하게 차려내자

간구

별이 떨어진다해도
햇볕이 빛을 잃어도
우리 가슴을 맞대고
기도를 올리자

비상벨이 빽빽거리고
광풍이 가산을 날려도
우리 머리 깊이 숙여
기도를 올리자

회색이 하늘 점령하고
저울추가 기울어도
우리 더욱 더욱
기도를 올리자

아랫물이 윗물 치올리고
윤리 실은 배 뒤집혀도

우리 서러워 말고
기도를 올리자

언젠가 그 언젠가
밝은 빛보다도 더 밝은
찬란한 날 도래하리니

우리, 그래, 우리
뜨거운 심장으로
눈물 함께 흘리시는
하늘 아버지께

기도를 올리자
슬픈 눈동자로
기도를 올리자

작은 촛불

작은 촛불

내 한 몸 내주어
어둠 한 쪽
불 밝힐 수 있다면

주신 시간 쪼개 내어
예배자의 심정으로
달려가는 발걸음

정성 담은 그 무엇
조심스레 건네질 때

동상 걸린 그들 마음
녹아내리는 눈물!

배고파 집에 가면

주먹밥 챙겨주셨던
어머니 생각

한겨울 화롯불에
고구마 구워 주던
인정 많던 누님 생각

겹겹이 쌓아둔 세상의 벽
그리워도 되돌아 갈 수 없는

창살 없는 감옥 갇힌
서러운 사람들에게

나의 것 불살라
그들 언 손 녹일 수 있다면

때 묻고 코 묻은 손인들

마다할 수 있을까

금보다 귀한 생명들
작은 손 내밀어
희망의 선물 된다면

작은 촛불 되어
마굿간 안내하는

빛이 되리라
아기예수 보게 하리라

성령등잔

성령의 불을 켜 주소서
자기 의 누더기옷
밝히 볼 수 있도록

성령의 불을 켜 주소서
자기 신 높은 집
산산히 부숴지도록

성령의 불을 켜 주소서
자신의 부패 늪
깊이 빠지지 않게

성령의 불을 켜 주소서
진리 아는 고상함
날마다 깨닫도록

성령의 불을 켜 주소서

위선의 탈 부끄런 가면
여지 없이 드러나도록

성령의 불을 켜 주소서
내가 얼마나 보잘 것 없는지
깨달아 알도록

성령의 불을 켜 주소서
진정한 하나님 사람인가
손 짚어 확인하도록

성령의 불을 켜 주소서
안과 밖 깨끗한가
꼼꼼히 살피도록

성령의 불을 켜 주소서
심령이 얼마나 가난한지

철저히 검사하도록

깜깜해서 보지 못했던
온갖 죄악들을
밝히 드러내어 보게 하소서

은혜 베푸시는 그 곳
맨 앞자리 왔으니
성령 소낙비를 부어 주소서

제4부

고백

떠난 이에게

당신 잘못이 아녜요
그렇다고
딱히 제 잘못도 아니지요

우리가 힘들었던 건
다름이라는 이름
당신과 내 생각이
달랐던 것이지요

내가 내 눈을 볼 수 없지만
거울은 내 눈의 생김을
알려주지요

그래요
당신이 날 떠난 후
알게 되었어요

내 성난 눈으로
당신을 바라본 것을요

붙어 싸울 때
그것이 무언지 몰랐죠
자기 배만 불리면
그만이니까요

세월은
스승입니다

이제
당신이 떠난 자리는
상처가 거름 되어
노오란 민들레가 피었네요

이모습 이대로

너무나
부끄러워서
뵈올 수가 없었어요

너무나
묻은 것이 많아서
찾아갈 수도 없었어요

너무나
겉과 속이 달라서
말할 수 없었어요

그런데
그분이 조용히 말씀하셨어요

네 모습 그대로
괜찮다

다 괜찮다

다시 힘을 내었어요
웅크렸던 가슴 펴고
발목에 힘을 주었어요

수고하고 무거운 짐
염치없어도
부려 놓았어요

네 착함으로
내 기준을 맞출 수 있니?
난, 그저
널 사랑할 뿐

그냥
울 수밖에 없었어요

그분의 발 적신
마리아처럼

예수 없는 예수쟁이

앙꼬 없는 찐빵은
맛 없다고 버려져요

예수 없는 예수쟁이
검불 같이 힘 없어요

입으로는 예수쟁이
행하는 건 다 똑같네

향기날까 옆에 가도
독한 냄새 역겨우면

실망 가득 안겨 주니
두 번 다시 찾아올까

깨끗하게 단장하자
예수 향기 포올폴

〈

얼굴 매일 매만지듯
나의 영혼 예수 얼굴

나의 인격 예수 인격
예수 성품 나의 성품

너도 가짜 나도 가짜
가짜 세상 판을 치네

나도 몰래 가면 쓰고
흉내내기 이젠 그만

가면 모두 벗겨 내고
진짜 진짜 예수쟁이

두꺼웁던 화장자국

예수 보혈 클렌징

맨 얼굴로 마주 봐요
예수 냄새 풍겨 봐요

사막 같은 세상살이
오아시스 되어 봐요

유구무언

나 이제
말하지 않겠습니다
진정한 사랑 외엔

나 이제
말하지 않겠습니다
주님의 말씀 외엔

나 이제
말하지 않겠습니다
성령의 음성 외엔

나 이제
말하지 않겠습니다
나 이제
말 문을 닫겠습니다

이런 말만 하겠습니다
고맙습니다
사랑합니다
미안합니다
기도하겠습니다
하나님 은혜입니다

주께 하듯

누구와 만날 때도
주님께 하듯

인사를 할 때도
주님께 하듯

전화를 할 때도
주님께 하듯

밥을 준비할 때도
주님께 하듯

가난한 이 대할 때도
주님께 하듯

차를 운전할 때도
주님께 하듯

〈
대화를 나눌 때도
주님께 하듯

혼자 있을 때도
주님께 하듯

모든 일을 행할 때
주님과 함께

지성소

내 마음
지성소에는
따뜻한 촛불이
켜 있지요

주님이 촛불처럼
따사로이 맞아주시며
"잘 왔다 어서 오렴"
언제든지 속삭이셔요

내 마음 지성소엔
기도의 상이 펴 있고
말씀의 떡이 있어
참말 좋아요

"삐그덕" 문만 열면
언제든 들어가

울기도 하고 웃기도 하는
내 비밀 방이예요

아
그곳에 언제나
두 팔 벌리고 계시는 분
예수님

예수님
내마음 지성소에
진정한 주인이신
예수님

내 모든 것의
모든 것 되시는 주님이
내 지성소를 거니시니
팔짱만 끼면 되는거예요

〈

내 마음 지성소엔
보리떡 다섯 개와
물고기 두 마리가
늘 차려져 있으니

허기지면 찾아오고
외로우면 숨어들고
괴로우면 토설하는
회복의 장소이지요

단 하나의 사랑

당신 앞에서의
단 하나의 사랑은
당신을 위해서만
작사 작곡해
내가 부르는
청초한 새 노래입니다

당신 앞에서의
단 하나의 사랑은
당신을 위해서만
밤 맞도록 지어낸
이슬 같은 새 시입니다

당신 앞에서의
단 하나의 사랑은
당신을 위해서만
정성 다해 요리한

꽃 같은 음식입니다

당신 앞에서의
단 하나의 사랑은
당신을 위해서만
한 땀 한 땀 수놓은
별 같은 치마입니다

당신 앞에서의
단 하나의 사랑은
당신을 위해서만
방울 방울 드리는
찰랑이는 기도입니다

소리 없는 사람

있는 듯 없는듯
소리 없는 사람

없는 것 같지만
있는 사람

소금같이 녹아져
맛이 나는 사람

자기 의사 급히
드러내지 않는 사람

모르는 것 같지만
다 아는 사람

자기 앉은 의자
조용히 내주는 사람

〈

자기를 소중히 여기되
남을 더 귀히 여기는 사람

소리 내지 않아도
향기 소리 나는 사람

부드런 사랑이
배어 나오는 사람

속이 깊고 깊어
보이지 않는 사람

입이 무거워
말이 금쪽 같은 사람

기대고 싶은 사람

큰 나무 같은 사람

스폰지 처럼
빨아들이는 사람

쿠션처럼
풍성한 사람

일할 때 입보다
손발이 빠른 사람

소리 없는 사람
큰 사람

꼭 있어야 할 사람
없으면 안 되는 사람

믿음의 사람
하나님의 사람

진정한 사랑
소리 없는 사람

그 사람
내가 되고 싶어요

그대

내가 살아야 할 이유는
그대를 사랑하기 때문입니다

일렁이는 마음의 물결이
그대를 생각하면 더욱 요동쳐
이내 목까지 솟구칩니다

깜깜한 밤하늘 영롱한 별들이
하나 둘 스러져 잠 자러 가도
그대 향한 반짝임 쉴 수 없어요

낯선 곳으로부터 사나운 폭풍이
사정없이 휘몰아 얼굴 할퀴어도
그대 커다란 등에 기대니 좋아요

그대 나를 사랑한단 말 대신에
진달래 한 아름 수줍은 미소 담아

시냇가 징검다리 업고 건넜지요

어둔 길 헤치고 달려가는 새벽길
하늘나라 소망 안고 기도 아뢰는
그대 가련한 영혼이 아름다와요

내가 그대를 사랑함은 다른 것 아니요
그대 맑은 눈동자 나만 향해 있고
그대 따뜻한 맘 나를 품기 때문이니

아, 사랑은 감미로운 천국 길 서곡
그대는 하늘이 내게 주신 맞춤선물
더도 덜도 필요 없는 반쪽과 반쪽

그대가 살 이유 또한
나를 사랑함이 아닌지요

공사 중

내 마음집은 공사 중입니다
언제부터인가
공사를 시작했어요
믿음의 철이 좀
들었을 때부터인가 봅니다

그런데
아직도 공사 중이예요
내년이면 환갑인데
아직도 어른이 못 되어
실수투성이입니다

아마 이 공사를
생명이 붙어 있을 때까지
손을 놓으면 안 될 듯요
이런 추세라면

완벽하지는 않더라도
그런대로 볼 만한 집을
준공검사 담당자
우리 주님께
보여 드려야 할 텐데

여기 고치면
저기 터지고
여기 꿰매면
또 저기 뜯어지고

왠 공사가 그렇게도 많은지
큰 공사, 작은 공사
공사 잘 해 놓은 듯 해도
언제 보면 또 모래성같이
와르르 무너져 있네요

혀를 끌끌 차면서도
멈출 수 없는
'마음집 리모델링'
공사현장 진풍경입니다

예수님 형상 닮으려
오늘 하루도 저는
말씀의 연장들을
종류별로 챙겨놓습니다

오늘의 공구는
어떤 것이 쓰임 받을까
절제의 톱일까
인내의 망치일까

헌신자에게

손가락
마디마디
훈장 달았네
수고의 눈물
애통의 고개

돌아가기
비껴가기
불편 그지 없어도
내 한 몸 어떠랴
네 더욱 중한 걸

소스라친 가슴
쓸어주고
젖은 눈
닦아 주더니

남은 몸뚱아리
그거라도
십자가 앞에
스스럼 없이
내어 놓고

그 먼 나라
하늘 나라
머리 이고 산다네
곧 맞이하여도
기쁨 떠나지 않게.

관

나 어느 땐가 죽어져
관 속에 넣어지리라

사람들이 정성껏 묶어
반듯이 눕게 하리라

아무 것도 아닌 빈 육체
내 몸에 맞는 나무 상자

어느 나무가 준비 되어
내 몸을 싸 안을까

어느 것 하나 넣을 수 없고
달랑 육신 하나 넣는 것

손에 쥘 수도 없고
수의엔 주머니도 없건만

〈

세상의 무엇을 더 가지려
허겁지겁 탐욕을 부리나

맑은 영혼 하나 간직하다
주인께 되돌리면 그만인 걸

제5부

축복의 샘물

덤

슬퍼하지 말아요
즐거움이 온다면
그건 덤이라고 생각해요

외로워 하지 말아요
따뜻한 동행이 있다면
그것 또한 덤이지요

속상해 하지 말아요
위로의 음성 들려온다면
얼마나 반가운가요

서러워 울지 말아요
눈물 닦아 주는 손수건
얼마나 또 고마운가요

고통도, 아픔도

나 혼자 치러야 할
숙제라고 여기다가

그 누군가의 눈이
나를 예쁘다 보아주고

그 누군가의 귀가
내 말을 경청해 주고

그 누군가의 손이
언 손을 쥐어 준다면

그건 필시 '덤'이지요!

영혼의 악기

내 영혼의 기타줄
가느다란 떨림으로
당신을 노래합니다

내 영혼의 바이올린 활
민감한 반응으로
당신을 찬송합니다

내 영혼의 각 색 건반
어울리는 화음으로
당신 앞에 올립니다

내 영혼의 제금
향기로운 믿음으로
당신을 소망합니다

숨막히도록 사랑하는

당신 손 입맞춥니다
당신을 송축합니다

빼기

겸손히 숙이기
목에 힘 빼기

좋은 것만 보기
눈에 힘 빼기

정성껏 들어주기
귀에 힘 빼기

보듬어 품어주기
배에 힘 빼기

소 힘줄 질긴 고집
마음 힘 빼기

감사 붕어빵

내 속에 틀 하나 있네
감사 제조기

붕어빵 기계엔
붕어빵 나오고

국화빵 기계엔
국화빵 나오지

불평 근심 재료라도
감사기계 속에 넣으면

와다다다닷
감사빵이 나온다

내 안에 특수기계
감사 제조기

〈
고장 나지 말거라
쉬지 말고 돌아라

성장통

고된 훈련을 받으면
계급장을 하나 더
달아 줍니다

광풍이 몰아쳐
뿌리 뽑힐 듯 아프면
밑뿌리는 더 견고해집니다

암 덩어리를
잘라 내기는 아파도
몸은 건강해집니다

내 엉덩이 뿔난 것을
남이 보고 잘라 내니
부끄럽기도 합니다

성화 되기 위해선

모질게 다가오는 시험을
이겨 내야 합니다

찌르는 사람이나
찔린 사람이나
성장통을 겪고 있으니까요

아픔을 기뻐합시다
진통을 즐거워 합시다

더욱 큰 나무 되어
그 그늘에 많은 새들
깃들어 평화 누리도록

나들목

빛이 들어오면
어둠은 나갑니다

감사가 들어오면
불평이 쫓겨나요

은혜가 들어오면
죄악이 사라집니다

위로가 들어오면
비난이 물러가지요

기쁨이 들어오면
슬픔이 도망갑니다

천국이 들어오면
지옥은 떠나지요

당신은

당신은
소중한 사람입니다
당신에게 솔잎 냄새가 나요

당신은
특별한 사람입니다
당신에게 라일락 향기가 나요

당신은
고귀한 사람입니다
당신의 재능이 빛나요

당신은
가치 있는 사람입니다
값을 따질 수가 없어요

당신은

세상 누구와 비교될 수 없는
독특한 존재입니다

당신만의 냄새
당신만의 향취
당신만의 소유

당신은
온 우주와도 바꿀 수 없는
단 하나의 창조물입니다

선물

당신은 하나님이
이 땅에 보낸
선물입니다

당신은
정성껏 포장되어
선물로 왔습니다

세상에
단 하나뿐인
보배로운 선물

당신 목에
아름다운 목걸이
드리우고

당신 귀엔

보석 귀고리
반짝 거립니다

당신 몸에
럭셔리한 옷을
입히셨지요

당신 머리엔
빛나는 관 씌우고
이 땅에 보내셨습니다

당신은 선물
하나님이 보낸
존귀한 존재입니다

당신이란 선물
당신 스스로

부인하지 마세요

당신은 그분이
당신만의 DNA로
둘도 없이 소중하게

말로 표현할 수 없는
보기에도 아까운
깨어질까 조심스런

사랑스런 선물
무남독녀 외딸 같은
생명 선물입니다

꽃은 군말이 없다

패랭이꽃은
작다고
불평하지 않는다

할미꽃은
고개를 늘
숙여야 한다고
볼멘소리를 안 한다

장미꽃은
가시가 붙어 있다고
성 내지 않는다

글라디올러스는
키가 너무 커서
허리가 아프다고
소리치지 않는다

〈

백합은 흰색이라
때가 쉬이 탄다고
하소연하지 않는다

어디에 살든
누가 꺾어가든
꽃은 군말이 없다

홍역

홍역이 끝났나
열일곱 푸른 나무

엄마는 교통사고
아빠는 지병으로 떠났네

쓰디쓴 아픔을
온 몸으로 새겨 내다가

열 세살 이후
바람처럼 나부껴 돌아다녔다

물 속에 허덕임을 보고도
건져 내지 못했고

불 속에서 악악 거려도
뻗치는 손 뿌리치더니

〈

긴긴 방황을 어렵사리 마치고
귀향하여 책상머리 앉았네

제 친구는 교복 입고
아침을 열어가는데

해가 중천에 떠도
깜깜한 오밤중인양

낮 열두 시가 되서야
기지개 켜고 새날을 맞이하네

어언 몸은 어른 행색인데
마음은 아기 고운 아이

할키고 간 세월 속

무서운 폭풍이 잦아들었나

오늘은 나와 팔짱을 끼고
바닷 바람을 쐬었다

얼마만인가
대체 얼마만인가!

눈물로 돌아오라 외쳐도
쇠 귀에 경 읽기더니

연분홍 웃음이
내 소원을 들어주네

유치원 하원 때면
집에는 안 가고

교회 문을 두드리며
목사님을 외쳤던 아이

엄청난 사춘기 피맺힌
폭풍의 언덕 위에서

남 몰래 고뇌하던
그 슬픈 영혼이

몇 년의 시한을 거쳐
조금씩 제자리로 돌아온다

그래 그래 그래
괜찮아 다 괜찮아

널 품에 안으니 온 세상이
다 네것 내것이다

말

말은 무서워요
천하무적

말은 날카로운 칼
마음을 베어내요

말은 소리없는 총
사람을 쏘아 죽여요

말은 변덕쟁이
제 맘대로 오락가락

말은 금사과
은쟁반에 잘 어울려요

말은 부드런 음악
마음을 치료하지요

〈

말은 향기로운 향수
은은히 퍼져 나가요

말은 따뜻한 담요
온 몸 온 맘 싸 안지요

감사약

이 약 바르면
상처 난 곳 아물구요

이 약 싸매면
뿔 난 데 들어가요

이 약 받는 사람
행복이 넘치구요

이 약 주는 사람
기쁨이 솟아나요

이 약 퍼 돌려요
만병통치라니까요

집안 곳곳 상비약
외출 땐 핸드백 속

〈

오병이어 기적예요
쓸수록 남아돌고

공짜로도 드릴게요
마음자락만 펴 보세요

제6부

이야기 뜰안

쑥이 이겨

할머니 세 분이 오셨다
동네 돌아가는 뉴스를 실시간으로
듣기도 하고 할머니들의 지나온 삶들과
현재를 살아가시는 얘기들은 명약처럼
이롭기도 하고 때론 애처럽기도 하다

풀 매는 얘기를 나누다가 한 분이
"그래도 쑥이 이겨"
쑥뿌리가 번성하면 다른 풀들이
맥을 못 춘다는 말이다
쑥은 여러해살이 풀이어서 겨울에도
안 죽고 봄에도 대체로 일찍 나온다

쑥은 좋은 식물
식용과 약용으로 널리 쓰이고
모양도 예쁘고 향도 좋다
또 밑뿌리가 힘이 있으니

쉽게 없어지지도 않으렸다

진리의 말씀과 믿음생활도
흔들리지 않아야 한다
사람에게 두루 이로워야 한다
지나친 고집과 집착은
사람을 병들게 하고 관계를 파괴한다

"쑥이 이겨"
향기로 이겨야지
섬김으로 이겨야지
사랑으로 이겨야지
믿음으로 이겨야지

동심

파르른 들판에
흰 바람 맞으며
뛰놀고 싶어라

봄볕 아래
아지랭이 팔짱 끼고
어린 쑥 보러 가고프다

아카시아
잎파리 떼 낸
가느다란 댓가지로
파마 놀이 재밌었지

삐래기 뽑아
삐뚤빼뚤 소리나도
한껏 치장하며
입 오무려 연주했지

〈

허기진 날
깜부기 따 먹느라
입술 숯검댕이
서로 보고 깔깔댔지

짚가리 쌓아 놓은 옆
모닥불 피워
수수 구워 먹었네
커다란 기와집 마당에서

꾀죄죄한 손 등 터져
핏줄기 보여도
비석치기 구슬치기
옆집 앞집 조무래기 수북

웃음이 절로 나네

60년대 우리네 친구들
어디서 무얼 할까

제물국수
짭쪼름한 맛
수제비 구수한 맛
어머니는 구십 이세
요양원 반장님 하시네

나 어릴 때
그 품으로 돌아가
샛파란 엄마 손 잡고
땅콩 밭 매러 갈 수 있담

그 얼마나 행복할까

마중물

눈물의 마중물은
은혜의 폭포를
만들어 냅니다

헌신의 마중물은
건강의 축복을
부어 주십니다

사랑의 마중물은
생명이 살아나는
역사를 이루십니다

믿음의 마중물은
힘 있는 군사로
우뚝 서게 합니다

물질의 마중물은

더 많은 것으로
채워 주십니다

소망의 마중물은
희락의 선물을
매일 내어 주십니다

비밀

어느분의 아픈 사연을 들었습니다
어렵사리 한 마디씩 풀어 냅니다

절대 비밀을 지켜 달라고
조심조심 두드려가며 얘기합니다

말 한마디 들으면 귀에 넣고
자물쇠로 잠가 버렸습니다

혹시라도 은연 중 말 나왔다간
쓰린 상처에 못 박는 일입니다

남편에게도 말하지 않고
입 밖에 내지 않았습니다

일반적인 일일 수도 있고
그보다 더한 사연도 많지만

〈

그에게는 누가 알세라 볼세라
꼭꼭 닫아 두었던 비밀입니다

누구도 믿을 수 없고
누구에게도 터놓을 수 없었는데

그래도 이 사람은 괜찮은가
경계심 늦추지 않으면서

간신히 문을 열고
빼죽 얼굴을 내밀었습니다

내가 진심으로 사랑해 주어도
한참은 못 믿을 것입니다

밑빠진 독에 물 붓듯

계속적인 사랑을 퍼 부어야 합니다

꽃으로도 때리지 말아야 합니다
눈물이 왈칵 솟았습니다

나의 평범한 일상조차
부러움의 대상이 될 것 같아

나도 조심조심 살금살금
기도로 지혜를 얻겠습니다

한 줌의 사랑

한 줌의 사랑
고운 언어를
뿌리겠습니다

한 줌의 사랑
복된 소식을
선포하겠습니다

한 줌의 사랑
밥 한 사발을
나누겠습니다

한 줌의 사랑
천 원 한장을
쥐어주겠습니다

한 줌의 사랑

포옹 한 아름
품겠습니다

한 줌이면 좋겠어요
더 많으면 힘들잖아요

할머니 친구

나의 친구
옆집 할머니

내가 바빠 쩔쩔매면
어느틈에 오셔서 돕는 손길

오이지 담가 주시고
이튿날 물 생겼나 오시고

마늘 사다 놓으면
나 모르게 한 소쿠리 까놓으시고

공짜 밥 얻어 잡숫는 건 아니라며
알록달록 강낭콩 한 바가지

할머니 친구 내 친구
인터넷보다 만물박사님이지

〈

옆집 할머닌 내가 좋다시고
나도 할머니가 아주 좋아요

검정 크레용

하루는 크레용 친구들이 의논했네
검정색 크레용은 빼버리자
더러워

왕따당한 검정 크레용
정말 난 더러운 존재일까
정말 난 쓸데가 없나봐

일곱살 어린아이
도화지에 엄마 얼굴 그리는데

빨간 옷 입히고
노랑 가방 들리고

아까부터 찾아도
검정 색깔 없어졌네

엄마 눈썹 그려야 하고
엄마 머리색 입혀야 하는데

친구들이 소리쳤다
검정색 어딨어 빨리 나와

네가 없으니 우리들 소용없네
넌 꼭 있어야 할 우리의 친구야

아, 검정 크레용!
난 더러운 존재가 아니구나
난 꼭 필요한 존재라구

곡식 떨기

옆집 할머니는
참 부지런하셔요

여름내 앞밭으로
그렇게 종종 거리시더니

깻대가 한 무더기요
콩대가 한 리어카예요

수세미 주렁주렁
건강원 갈 준비 시키고

호박 켜서 말리시고
고구마 줄기 말리시네

자손들 올 때마다
봉지 봉지 오밀조밀

〈

손때 묻고 정성 담은
여문 곡식들을

손에 들리고
차에 실어 주시지요

한 가슴 가득
뿌듯한 부자 할머니

여름내 흘린 땀방울
고소한 들기름 되고

일하느라 허리 아파도
파스 한 장이면 오우케이

허허허 웃으시는

맘씨 좋은 울 할머니

내게도 섭섭잖게
울타리콩 한 대접

이거 한 번 놔 먹어
밥맛이 괜찮어

자식들에게도
이웃에게도

넉넉하게 나눠 주는
할머니 인심 평안한 저녁

잘 가요

목사는
울었네
할머니 삶
가슴 아파서

할머니도
따라 우셨네
내가 뭔데
사랑 받느냐고

서리서리
매운 눈보라
가슴 응어리
풀어 내었네

회색 봉고차
길 모퉁이 돌 때까지

앙상한 몸 모두어
마음을 다하시네

눈물 찍어 손 흔드네
목화솜처럼 핀 가슴
고마워요
조심조심 가세요

도리깨질

검정콩대 노란콩대 뽑아재꼈다
도리깨 나와라 두드려보자

손바닥에 침뱉어 도리깨질 휙휙
알맹이 튀어나와 어질어질 꽈당

마지막 날 심판대 우리 모두 설 때에
알곡인가 쭉정인가 주님 심판 불호령

도리깨질 당할 때를 준비해야지
뜨거움도 괴로움도 이겨내야만

단단하고 맛좋은 콩알 된다네
콩밥 된장 콩자반 콩나물

심판대 앞에서 도리깨질 당할 때
알곡아 이리와 쭉정인 저리가라

〈

무심코 지나는 오늘의 한 날이
혹시나 훗날에 쭉정이 안될까

도리깨질 당할 때 후회한들 어이해
고난도 아픔도 조개입 물듯이

모래알 삼켜서 영롱한 진주되듯
돌돌돌 모래알 싫어도 참아야지

주어진 삶들을 친구인 듯 반기자
원망불평 멍석일랑 걷어치우고

말씀 기도 찬양 선행 번갈아 사귀고
그날을 준비하자 쫓김당해 울지 말고

제7부

자연을 노래함

호박죽

달덩이
부숴 놓았나

노랑 끈끈이
노랑 미음

소금 설탕
사이좋게 텀벙

맛있는 냄새
호박죽 탄생

달빛처럼 은은히
비추어 주렴

치매 걸린 할머니
마음속으로

〈
얼키고 설킨 타래
풀어 놓아 드리럼

네 속살들이 부숴져도
한 영혼 살아 나면

이 아니 더 기쁘랴
이 아니 경사 아니랴

천사의 나팔

나팔꽃보다 더
크고 하얀 꽃
천사의 나팔이래요

마당 한 켠에
점잖게 피어나
하늘 보며 찬송해요

천사의 나팔이란 이름
누가 지었는지
말 그대로구나

색은 흰색이요
모양새도 나팔모양이요
무리 지어 피어 있으니

새 날을 알리는

소리 없는 천사의 나팔꽃을
눈으로만 봐야 알 수 있듯

하나님이 내게 들려주시는
소리 없는 음성은
마음 귀를 열면 들려지지요

눈썹달

하나님
하늘 얼굴에
눈썹 그리셨네요

하나님
정말 어쩜 그렇게
완벽하게 그리셨나요

하나님
별 점 찍으셔서
더 없이 좋아요

하나님
새벽 일찍 나 혼자
관람객이예요

하나님

밤새 그리시느라
수고 많으셨네요

하나님
관람료도 안 받으시고
누구에게도 공짜!

하나님
내일은 또 어떤 작품
구상하셔요

하나님
기대하고 또 볼게요
오늘 새벽 대박이에요

솜털구름

하늘에
이불 깔았다
새들아 놀러 오렴

구름 이불 속엔
따뜻한 햇볕
꿰매 넣었지

발 넣어 보고
손 넣어 봐요
잠 절로 오지

새들아
비 맞아 축축하지
햇볕에 머리 말리렴

솜털구름

손짓 하네
인정도 많네

언제든
놀러 와요
손 뻗어 대환영!

봄 봄

봄 입김이 이쪽 저쪽
꽃망울을 터뜨리고
연둣잎새들이
어깨동무를 하고
하낫 둘 셋 시작
노래를 합니다

새들이 나뭇가지 사이에서
조잘조잘 수다를 떨고
바람은 따뜻한 가운을 두르고
여기저기 마실을 다닙니다

햇볕도
재밌는 일이 있나보다
싱긋 웃음 머금고
참견을 하려고
엉덩이를 들이밉니다

〈

봄 마당
새 노래 경연대회
깔깔대는 축제
발 뒤꿈치 들고
구경하러 갑니다

노랑저고리, 꽃분홍치마
꽃신 신고
우리 봄 마당 구경가요

감

감나무에 노란 감
달처럼 걸렸네

높이 높이 달려서
장대 없인 못 따네

감나무 약한 나무
올라가지 못하건만

거기 높이 앉아서
날 따가라 손짓하네

초록 감꽃잎
엊그제 본 듯 한데

어느틈에 그리도
많이 맺어 주었더냐

〈

안하는 듯 하여도
못하는 듯 하여도

매일 매일 정성껏
이슬 먹고 볕 쐬더니

동그란 얼굴을
쏙 내밀었구나

진주

몸안에
들어온 모래를

쓰리고 아프고
따갑고 버거웠지만

조개는 눈물 섞인
생명 즙 짜내어
품기 시작했다

풍상 거듭 지난 어느날
영롱한 새 생명 진주
맑은 보석 생산하는 기쁨

조개는 울었다
그리고 웃었다
은은한 빛 제 소산을

대견스레 바라보았다

내 마음에 이물질
어쩔 수 없이 들어오고
내 인생 여정에
어쩔 수 없는 만남
슬프고 괴로워도

너는 내 운명
주께서 보내신 선물
기꺼이 맞이하면
등에 지면 짐이요
앞으로 안으면 사랑이니

모래 거절하는 조개
얼마 가지 않아
죽는 것처럼

〈

나 거절하는 마음
계속 품으면 결국
검은 죄 쓰레기 쌓여
서서히 죽어 가리니

누가 누가 잘 났나
너도 벗고 나도 벗으면
더 나은 것 없으니

벼슬 자랑 헛된 영광
키재기 대보기
어린 장난 그만하고

내게 붙여진 그 모든 것
가장 귀하고
가장 아름다워라

〈

머리 빗기고
발 씻기고
화장 시키고
새 신을 신기세

진주보다 더하지
사람 꽃 신기하지

한낱 미물도
제 숙제 잘 하건만
만물 다스리는 인간은
속이 좁고 또 좁으니
어찌 할 말 있을까

내 손을 내밀어
네 손도 내밀어

200

악수하여 맞이하자
너는 내게 하늘에서
알맞게 보내 주신
최고의 선물

수세미

이름도 예뻐라
꽃도 예쁘지

가냘픈 너는
저보다 무거운

수세미 낳아
머리에 얹었다

감기에 좋고
쓰기에도 좋은

나를 데려 가세요
당신 맘에 들도록

수세미 여름내
꿈을 꾸더니

〈
길고도 통통한
알을 낳아 놓았다

구름

하이얀 구름
붓에 찍어 그림 그리면
솜털 일어 보송한
아이 얼굴 함박 웃음

파아란 하늘
펜 끝 대어 시를 쓰면
주름살 곱게 패인
노모 얼굴 복숭아 빛

하늘 길 풀어 놓아
온 천지 여행하는
저기 저 구름다리
별별 모양 구름꽃

가거라 오너리
아픔 바꿔 평안 오게

눈물 바꿔 웃음 오게
배고픔 바꿔 배부르게

별

파란 하늘 솜이불 속
빠끔히 얼굴 내민다

많이 내민 얼굴
큰 별 큰 빛

작게 내민 얼굴
작은 별 작은 빛

별빛이 초롱초롱
파란 이불 덮고

잠 자러 들어 가니
나도 잠 자러 간다

|해설| **곽정효** 시인, 소설가

백지가 되어주시는 하나님께 쓴 시

백지가 되어주시는 하나님께 쓴 시

그림을 그리기 위해 먼저 백지를 마련하듯 조선옥 시인은 시를 쓰기 전에 우선 하나님을 모신다. 바탕부터 특별한 조선옥 시인의 시는 편편이 사랑이고 기도이고 응답이다. 시인은 기도의 힘으로, 정제된 언어로 집을 짓고 생명 연대를 꿈꾸는 이들을 불러 모은다. 은은한 불을 밝히고 일상을 걸러 길어 올린 고운 마음을 나눈다. 감각과 언어구사가 모두 친숙하다. 독자는 백지가 되어주시는 하나님의 든든한 힘을 함께 읽을 수 있다.

첫 새벽의 언어로
당신을 말할게요

첫 생각의 단추로
당신을 입을게요

첫 감격의 눈물로

당신 발 닦을게요

— 「찬송」 부분

　매사에 하나님을 맨 처음에 두는 시인의 모습이 시에 고스란히 담겨 있다. 지금 같은 물질만능 시대의 현실에 발을 딛고 사는 한 마음을 지키며 살기란 쉽지 않다. 인간을 둘러싸고 있는 상황은 '점점 빠르고 강하게'를 외친다. 보다 많이 소유하고 창고를 그득 채울 것을 요구한다. 하나님을 모시고 살자면 현실과의 갈등은 피할 수 없다. 틈틈이 스스로를 다그치고 다짐을 두어야 한다.

누구와 만날 때도

주님께 하듯

인사를 할 때도

주님께 하듯

전화를 할 때도/ 주님께 하듯// 밥을 준비할 때도/ 주님께 하듯// 가난한 이 대할 때도/ 주님께 하듯// 차를 운전할 때도/ 주님께 하듯 — 「주께 하듯」 부분

시인은 그렇게 다짐한다. 뒤집어 보면 일상의 힘겨움을 반증하는 말이다.

사실 인사를 할 때도 전화를 할 때도 밥을 준비할 때도 주님께 하듯 해야 하는 건 당연한 덕목이다. 인간 소외를 해결할 수 있는 가장 쉽고 좋은 방법이기도 하다. 하지만 실행은 만만치 않다. 가까운 사람일수록 서로 아껴줄 것 같지만 그렇지도 못하다.

가족 간에도 갈등이 심화되고 온갖 원망과 항변이 쏟아지고 있다. 부모를 버리고 자식을 버리고 심지어 해치기까지 하는 사건들이 잊을 만하면 전파를 타고 터져 나온다. 부모 자식 사이의 기본이 무너지고 삭막해져만 가는 안타까운 세월이 시인으로 하여금 아버지와 어머니를 더 그리워하게 하는지도 모르겠다.

엄마는
군불 땐 아랫목처럼
따끈한 보금자리

구십이 다 되어 가시는데
증손녀까지 이름 불러
기도 적금 부으시는 울 엄마
—「울 엄마」 부분

시인의 어머니는 지극히 진솔하고 후덕하다. 생명의 기본이 지켜지는 가족의 모습, 그 중심에 어머니가 있다. 시인은 가족 공동체를 아름답게 가꾸고 지켜온 어머니와의 시간을 펼쳐 보임으로써 메말라 가는 가슴을 두드리고 있다.

언젠간 나도
엄마처럼 그렇게 되겠지
　―「울 엄마」 부분

얼마나 냉엄한 말인가. 거역할 수 없는 무게로 다가온다.

반대쪽 거울을 보자. 그 옛날 중국의 권력자, 진시황제가 얼비친다. 그는 온갖 추한 모습을 다 보여준 어머니 때문에 여자를 믿지 못하는 인간적 약점을 가지게 되었고 정식으로 황후를 세우지 않았다. 급작스런 죽음을 맞게 되었을 때 태자가 없었고 권위를 가진 황후도 없었다. 몰락의 길이 처참했다. 뿐인가, 제의 환공도 무소불위의 권력을 휘둘렀지만 죽고 나서는 방치된 시신에서 구더기가 들끓었다. 자식들이 계승자가 되기 위해 싸움에만 골몰했기 때문이었다. 중요한 건 지금도 비슷한 일이 곳곳에서 반복되고 있다는 사실이다. 「깨어짐」에서 날카로운 시인의 지적을 확인할 수 있다.

> 목적 아닌 목적이
> 목을 조였고
>
> 한낱 잃어버릴 것들에
> 목숨 걸었던 시간들
> ― 「깨어짐」 부분

한낱 잃어버릴 것들에 목숨 걸다 떠나는 사람들의 뒷모습은 예나 지금이나 이렇게 허무하고 씁쓸하다.
야단치지 말고/ 사랑만 해 드려야 해/ 엄마가 내게 한 것처럼/ 시인은 그렇게 다짐한다.
「아부지」도 연장선상에 있는 시다. 이렇듯 시인은 시 안에서 아름다운 생명 연대를 일깨우고 있다.

나들목에 선 존재

> 다르다는 것은
> 아름다운 하나님 조화

〈

너 어찌 크다고 교만하며

내 어찌 작다고 낙심하랴

이 모든 것

창조주 하나님이

빚어주신 것을

—「부부」 부분

　어떤 삶이라도 이런 마음이라면 은혜롭지 않겠는
가. 개화기를 살았던 한 노비가 양반집 딸과 자신의
딸을 바꿔치기 한다. 시대가 바뀌며 양반집은 몰락했
고 딸은 비참해졌다. 반면에 노비로 자란 양반집 딸은
때마침 조선에 와 있던 선교사를 따라 미국에 가 공부
를 하고 돌아와서는 대학 총장이 된다.『생인손』이라
는 소설이다. 노비는 자신의 딸이 양반집에서 호의호
식하기를 바라 죄인 줄 알면서 바꿔치기를 했지만 남
은 건 결국 죄뿐이다.

　삶에서 함부로 자신의 욕망을 앞세울 때 지옥이 시
작된다. 시인이 간파하고 있는 바와 같이 인간은 늘
유혹 받고 선택해야 하는 존재로 나들목에 서 있다.

빛이 들어오면
어둠은 나갑니다

감사가 들어오면
불평이 쫓겨나요

은혜가 들어오면
죄악이 사라집니다
　　—「나들목」 부분

　빛도 은혜도 그저 입 벌리고 기다린다고 툭 떨어져
들어오는 것은 아니다. 시인은 「공사 중」이라는 시를
통해 끊임없이 갈고 닦고 고쳐 나가야 한다는 말을 에
둘러 하고 있다.

아직도 공사 중이예요
내년이면 환갑인데
아직도 어른이 못 되어
실수투성이입니다

아마 이 공사를
생명이 붙어 있을 때까지

손을 놓으면 안 될 듯요

여기 고치면/ 저기 터지고/ 여기 꿰매면/ 또 저기 뜯어
지고// 왠 공사가 그렇게도 많은지/ 큰 공사, 작은 공
사/ 공사 잘 해 놓은 듯 해도/ 언제 보면 또 모래성같이
/ 와르르 무너져 있네요 —「공사 중」부분

나들목에 선 인간은 이처럼 늘 자신을 돌아보고 점
검하고 공사를 해나가야 한다. 아무리 완벽하게 보이
는 인간이라 할지라도 하나님 앞에 서면 아무 것도 아
니다. 미우라 아야코는 나가노 마사오라는 청년의 이
야기를 듣고 감동을 받아『시오카리 고개』라는 소설
을 써서 그의 의로움을 세상에 알렸다. 그는 역무원이
었다. 시오카리 고개에서 연결고리가 풀린 객차가 미
끄러져 내리기 시작하자 자신의 몸을 던져 기차의 속
도를 늦춘다. 승객들은 무사히 살아남는다. 한 알의
밀알이 된 그의 이야기를 그리면서 미우라 아야코는
완벽한 의인은 없다는 말을 몇 번이나 한다. 신앙인이
라면 누구나 공감하지 않을 수 없는 말이다. 하나님
앞에 완벽한 의인은 없다. 끊임없이 갈고 닦으며 하나
님께 나아가야 하는 존재일 뿐이다.

시인은 또,

　내 마음/ 지성소에는/ 따뜻한 촛불이/ 켜 있지요// 허기지면 찾아오고/ 외로우면 숨어들고/ 괴로우면 토설하는/ 회복의 장소이지요 ─「지성소」 부분

늘 깨어있는 하나님의 사람임을 고백하고 있는 것이다.

　예수님 형상 닮으려/ 오늘 하루도 저는/ 말씀의 연장들을/ 종류별로 챙겨놓습니다 ─「공사 중」 부분

이웃을 향해 함께 하자는 제안이기도 하다.

하나님이 입혀 주시는 옷

　나 어느 땐가 죽어져
　관 속에 넣어지리라

「관」에서는 삶과 죽음의 경계를 바라보며 한시적 존재로서의 자아를 관조하고 있다.

　어느 것 하나 넣을 수 없고
　달랑 육신 하나 넣는 것

〈

손에 쥘 수도 없고
수의엔 주머니도 없건만

세상의 무엇을 더 가지려
허겁지겁 탐욕을 부리나

맑은 영혼 하나 간직하다
주인께 되돌리면 그만인 걸
— 「관」 부분

그럼에도 욕심을 거두기란 쉽지 않다. 너그럽기가
쉽지 않다. 사랑하기가 쉽지 않다. 「덤」에서는 슬퍼하
지 말아요/ 즐거움이 온다면/ 그건 덤이라고 생각해
요// 외로워 하지 말아요/ 따뜻한 동행이 있다면/ 그
것 또한 덤이지요// 하며 관조의 폭을 넓힌다.

시인은 나아가 「마중물」에서 보듯 마중물이 되기를
소망한다.

헌신의 마중물은/ 건강의 축복을/ 부어 주십니다// 사
랑의 마중물은/ 생명이 살아나는/ 역사를 이루십니다
— 「마중물」 부분

하지만 세상이 어떤 곳인가?

비진리가/ 고개를 바짝 들고/ 진리에 눈 흘기고/ 칼 끝
/ 날카로운 죽창은/ 진실을 위협하며/ 포위한다/ ―「통
탄」 부분

 할 수 있는 한 많이 소유하라고 가르치는 세상인데
나누고 섬기라니? 꼭 되갚아 주고 싶은 울분이나 씩
씩거림 때문에 옷이 갑갑하고 확 벗어버리고 싶은 충
동이 일어날 때도 있을 터이다. 용서, 회개, 사랑… 하
나님이 입혀 주시는 옷을 입고 맑은 영혼을 지키려 애
쓰는 모습이 시로 승화되고 있다.

퍼내고 또 퍼내도
마르지 않는
사랑의 옹달샘이길
기도합니다

상한 마음 방치하여
죄악 벌레 들끓지 않기를
기도합니다

배급된 오늘

시간 주신 분께

무릎 꿇기를 기도합니다

　　—「기도」 부분

　소망만으로는 아무것도 이룰 수 없음을 알고 있기
에 기도의 도움을 갈구하는 고백이 절절하다. 기도는
점점 깊어져 작은 촛불의 마음에 닿고 있다.

내 한 몸 내주어

어둠 한 쪽

불 밝힐 수 있다면

　　—「작은 촛불」 부분

　동상 걸린 그들 마음/ 녹아내리는 눈물! 이라는 표
현 등에서 보듯 시인은 삶의 낮은 자리에서 들려오는
작은 목소리까지 다 경청하며, 아픔을 끌어안으려 애
쓰고 있다. 기도와 마음을 담아 쓰는 시들이 읽을수록
따뜻하다.

　벼를 널어놓았다/ 들깨도 널어놓았다// 한 밭 배추가
있다/ 무도 곁에 있다// 모두들 들에 있다/ 낮에도 밤

에도// 그래도 도둑은 없다/ 아무도 가져가지 않는다//
논밭은 자물쇠가 없다/ 산도 자물쇠가 없다// 그래도
농부는 잠을 잔다/ 걱정 없이 잠을 잔다// 사람 집도 그
러면 좋겠다/ 자물쇠 없이 살면 좋겠다 ─「자물쇠」 부분

　모두들 들에 있다는 것은 하나님 품에 산다는 것,
하나님과 함께 산다는 의미이다. 자물쇠는 인간 사이
의 단절을 대변한다. 삶의 공동체가 이랬으면 좋겠다
는 시인의 바람으로 빚은 시다.
　시를 읽다 보면 문득 다가와 시가 되기도 하지만 대
개는 그 안에 시가 들어 있다가 불러내면 시가 되는
것도 같다. 불러내는 건 시인의 몫이다. 불러낼 뿐만
아니라 옷을 입히기도 하고 색을 입히기도 한다. 따라
서 일단 불려나와 시라는 몸을 얻으면 그 나름의 공간
과 품을 획득하고 그 특별한 공간 안에 사람을 감싸
들이기도 하고 위로를 주기도 한다.

　　몸안에
　　들어온 모래를

　　쓰리고 아프고
　　따갑고 버거웠지만

〈

조개는 눈물 섞인

생명 즙 짜내어

품기 시작했다

너는 내 운명/ 주께서 보내신 선물/ 기꺼이 맞이하면/ 등에 지면 짐이요/ 앞으로 안으면 사랑이니// 모래 거절하는 조개/ 얼마 가지 않아/ 죽는 것처럼// 나 거절하는 마음/ 계속 품으면 결국/ 검은 죄 쓰레기 쌓여/ 서서히 죽어 가리니 ─「진주」부분

시는 은유나 상징을 통해 주제를 전달하는 장르적 특성 때문에 훈련된 눈으로 보면 그렇지 못할 때와는 확연히 맛이 다르다. 이렇게 진솔하고 아름다운 은유는 감동의 파장 또한 그러하다. 독자의 폭이 넓을 수밖에 없다.

지금도 시인의 방에서는 향기 높은 시들이 익어가고 있을 것이다. 언젠가 세상에 나와 등불로 걸리고 썩지 않는 소금으로 독자들에게 다가올 날을 기대해 본다. ✶

그 분 앞에서

기도함으로

내 마음의 옷

표지, 본문 그림 | **박희은 화가** _ 수원여자대학 디지털애니메이션과 졸업.

이야기 뜰안

축복의 샘물

자연을 노래함

고백

환경잡지 '푸름이' 만화 연재. YWAM 예수 전도단 수원지부 미디어팀 활동

크리스천나무시인선 011

내 마음의 옷

1쇄 발행일 | 2019년 07월 15일

지은이 | 조선옥
펴낸이 | 윤영수
펴낸곳 | 문학나무

문학나무편집 | 03044 서울 종로구 효자로7길 5, 3층
기획 마케팅 | 03085 서울 종로구 동숭4나길 28-1 예일하우스 301호
이메일 | mhnmoo@hanmail.net

출판등록 | 제312-2011-000064호 1991. 1. 5.
영업 마케팅부 | 전화 | 02-302-1250, 팩스 | 02-302-1251
ⓒ 조선옥, 2019

ISBN 979 - 11 - 5629 - 091 - 9 03810